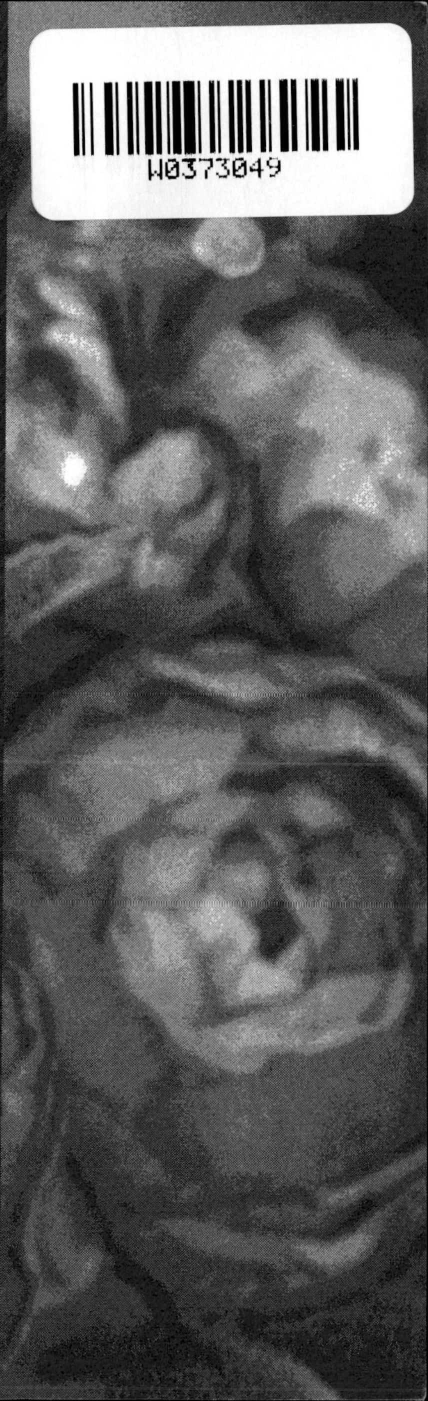

SA MÈRE
A 92 ANS

UN JOUR,
ELLE DOIT
ALLER EN
EHPAD

CHAQUE
MOIS,
ELLE LUI
REND
VISITE

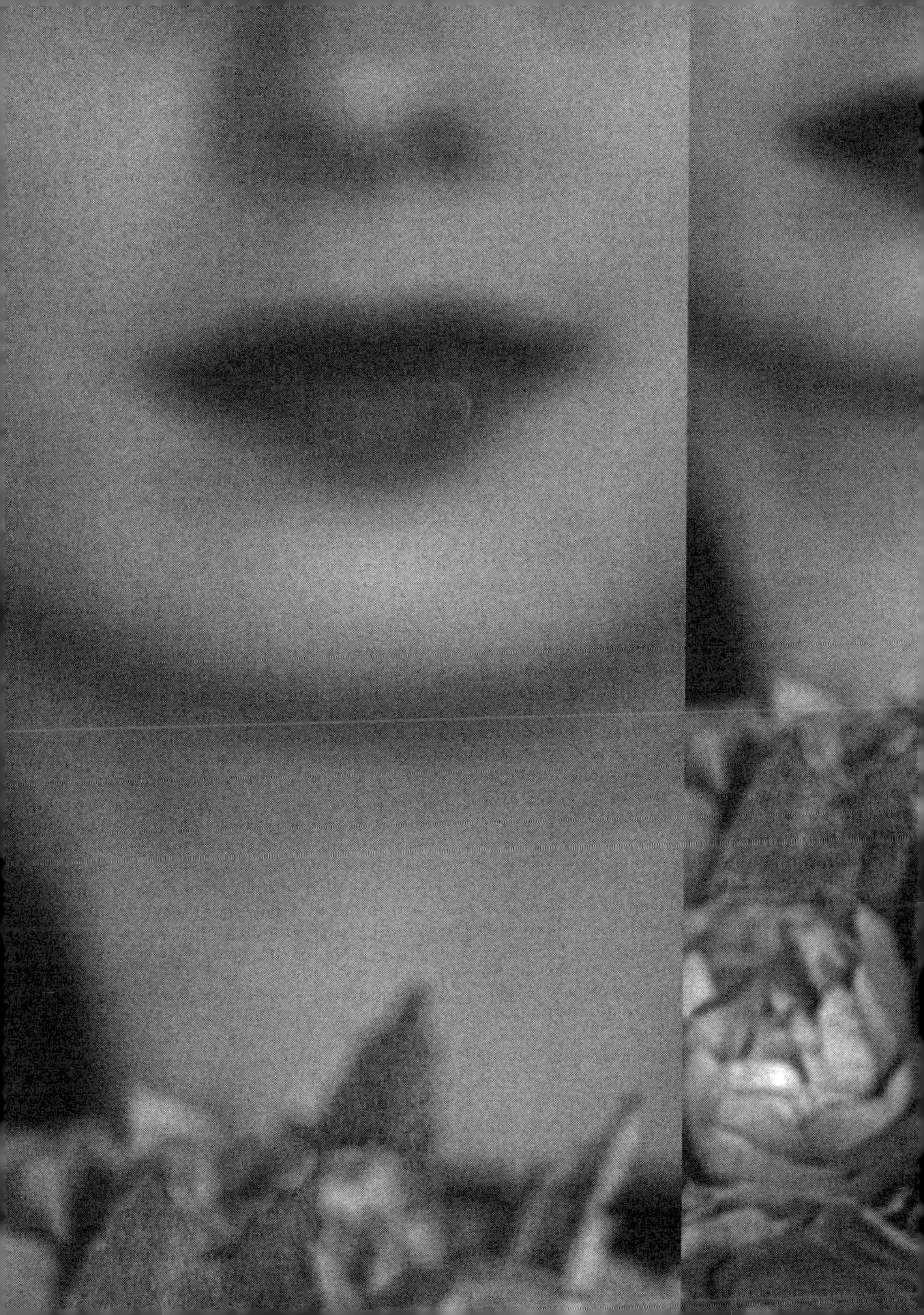

UN DIALOGUE ÉMOUVANT

S’INVENTE ALORS

POUR
TROUVER
LES MOTS
QU'ON N'A
JAMAIS OSÉ
SE DIRE

LES MOTS
D'AMOUR
D'UNE FILLE
À SA MÈRE

L'Iconoclaste
26, rue Jacob, 75006 Paris
Tél. : 01 42 17 47 80
iconoclaste@editions-iconoclaste.fr
www.editions-iconoclaste.fr

MARIE-SABINE ROGER

DERNIÈRE VISITE À MA MÈRE

L'ICONOCLASTE

Tu dis
« Je n'ai pas de nouvelles de Maman. Tu en as, toi ? Elle ne vient jamais me voir, elle ne me téléphone pas… Ça m'inquiète. Tu ne peux pas l'appeler, toi ? »
Qu'est-ce que je suis censée te répondre ?
Tu ajoutes
« Ma pauvre chérie, si tu voyais comme j'ai vieilli. On croirait que j'ai quatre-vingts ans ! »
Maman, tu en as quatre-vingt-treize.

Lorsque je commence à écrire ces pages, en 2017, on ne t'a pas encore placée.

Terme pudique. Un mot destiné aux objets, à la matière inerte.

Le Larousse dit : « Poser quelque chose quelque part, l'y mettre. »

Avant d'être placée – d'être mise en dépôt –, tu vis depuis huit ans dans un petit appartement, entourée de tes meubles préférés, et d'objets familiers.

Tu as vendu ta maison, ancienne, malcommode, fatigante à entretenir, beaucoup trop vaste et vide, et piégée d'escaliers, de niveaux décrochés, fausses marches traîtresses.

Tu avais beau la qualifier de « vieille baraque », de « nid à courants d'air », tu avais beau en parler toujours en soupirant, devoir la quitter a été un bouleversement, un deuil qui a suivi de quelques années à peine la mort de ton mari. Mon père.

Ce petit appartement, tu ne t'y habitues pas.

Tu as passé cinquante ans – le plus clair de ta vie – dans une maison trop grande, qui vous avait tous deux séduits quand vous étiez encore jeunes. Y vivre seule, c'était devenu difficile, et même périlleux. Mais, d'une pièce à l'autre, chaque miroir, poterie, ou vieil objet de bronze rapporté d'un de vos voyages, te parlait de ta vie, de la vôtre, la nôtre. Chacun de ces meubles anciens, maie provençale, panetière, peigne à myrtilles, joug, rouet, racontait ton enfance, ou les brocantes parcourues quand vous étiez chineurs, mon père et toi.

Pas du tout spécialistes, non, juste en quête d'un coup de cœur.

Dans ta *vieille baraque*, ton nid à courants d'air, tu pouvais nous revoir, mon frère et moi, à huit ans, dix ans, dix-huit ans. Pour peu que tu fermes les yeux, les Noëls revenaient, les repas de famille, le feu dans la vieille cheminée qui nous fumait comme des jambons, et dont vous aviez fait rabaisser le manteau, pour améliorer le tirage.

Cette maison, c'était un livre ouvert, qui racontait cinquante ans de ta vie, de la nôtre.

Mais il a fallu s'y résoudre, l'âge venant. Tu en es partie.

Partir, à quarante ans, ça promet l'aventure.

À quatre-vingt-trois ans, ça résonne autrement.

C'est plutôt le mot « fin » qu'on entend.

Lorsque je commence à écrire sur toi, en 2017 – sans savoir pourquoi, moi qui n'ai jamais écrit de journal intime –, tu es encore vive, diserte. Pour autant, lorsque je viens te voir, nous ne parlons jamais de rien d'important, toi et moi. Nous ne parlons surtout pas de toi. Tes envies, ton futur, tes craintes. Il est impossible de parler avec toi.

De parler vraiment, je veux dire.

On se cantonne à des thèmes vastes, un peu superficiels, et qui n'engagent pas.

Mes enfants, mon travail, tes souvenirs. Papa.

Tu n'as jamais pu te résoudre à aborder les sujets *qui fâchent*. Qui te fâcheraient, toi.

Tu te protèges en permanence, tu ne vois que ce que tu veux voir, et encore, tu le transformes. Tu brodes, tu enjolives, et ta vision du monde a des accents de fables. C'est joli, c'est changeant, jamais vraiment certain.

Tu as des vérités mouvantes, et je n'ai pas le pied marin.

Mes visites sont courtes, elles sont trop espacées, je reste parfois plusieurs semaines sans venir. Je travaille, je vais à la rencontre des lecteurs ici ou là, je ne suis pas toujours disponible. Je t'appelle souvent, bien sûr, mais ce n'est pas la même chose.

Et nous vivons loin l'une de l'autre, depuis plusieurs années déjà.

Nous sommes séparées par huit heures de route, nous l'avons été plusieurs fois par des dizaines d'heures d'avion.

La distance entre nous ne se calcule pas de façon kilométrique, elle s'est tissée de choses jamais dites ou que nous disons mal. Elle se compte en années *obscures* comme on dit des années-*lumière*. L'obscurité est une unité de mesure, chez nous.

Et puis voilà, la vie qui passe, se détricote peu à peu, une démence légère se profile et s'installe en sourdine, attaque ta mémoire, la ronge à coups de dents, la troue, ici et là, comme un vieux plaid en laine attaqué par des mites.

Au fil des mois, ton comportement change, je te trouve parfois plus froide, certains jours un peu agressive. Je n'identifie pas les signes avant-coureurs.

Ce qui est trop près de nous, on ne le voit pas bien.

Tu me racontes vingt fois dans la même journée la même anecdote mille fois entendue. Parfois, tu me redis exactement la même chose à dix minutes d'intervalle. Et encore. Et encore. J'en éprouve un profond malaise, mais le temps où je te répondais d'un ton léger « Oui, ça, je crois bien que tu me l'as déjà dit », ce temps-là est passé.

Les redites sont trop nombreuses. Je n'ai pas envie de te blesser.

J'ai noté depuis quelque temps que tu avais de petits problèmes d'incontinence, qui s'aggravent. Tu as parfois des « accidents », ton pantalon se marque d'une auréole sombre, quand tu te lèves de ton fauteuil. Je n'ose pas te le dire, aborder le sujet avec toi.

Je m'en veux de ne pas oser.

Alors je minimise, je m'arrange avec la vérité. Je mets tes approximations, tes redites, sur le compte de ton grand âge. Quatre-vingt-dix ans passés, ce n'est pas rien, quand même. Les fuites intempestives, cela doit faire partie du tableau, certainement.

Ne serait-ce pas le temps venu des premiers abandons de soi ?

Moins de mémoire, moins de gestes, et moins de sensibilité. Marche entravée. Chutes et bleus, que tu me caches comme si c'était une bêtise et que tu craignais d'être grondée.

Lecture abandonnée, mais sans me l'avouer. Tu prétends toujours lire. Pourtant, toi qui lisais tellement, et si vite, je vois bien que tu te détaches des livres au profit de la télé, que tu ne regardais jamais ou presque, avant.

Cette télévision, que tu trouvais stupide, mais devant laquelle désormais tu passes des journées entières, prenant du poids, avachie dans ton fauteuil, à te battre avec la télécommande dont tu oublies chaque jour le fonctionnement.

Par réflexe, par habitude, je t'apporte encore des piles de romans que tu aurais dévorés en quelques jours, il y a si peu de temps. Tu me les rends le lendemain, en prétextant avoir tout lu.

Je sais bien que c'est faux, mais je ne te fais pas l'injure de te demander de m'en parler.

Je pressens que nous arrivons aux premières défaites. Je ne suis pas dans le déni, mais je suis dans l'évitement. Je ne veux pas te voir vieillir.

Pas de cette façon de plus en plus confuse qui alterne sans prévenir intarissables logorrhées, fabulations légères, provocations et humeur belliqueuse.

C'est difficile de voir poindre le terme. Et plus encore, de discerner au loin – mais de moins en moins loin – ce grand oubli qui se rapproche, ce monstre avide, la démence, prête à tout engloutir, tout déconstruire, brique par brique.

Bientôt viendra la perte des repères, celle des souvenirs, et de tout ce qui faisait la saveur de la vie. Je le sais, je m'y attends, et je fais le dos rond.

Je regrette mon peu de science.

À présent, tu as besoin d'un déambulateur, et tu vas à pas minuscules, concentrée sur ta trajectoire. Tu as grossi, j'ai remarqué aujourd'hui même que tu es vite essoufflée. Bien trop vite je trouve, et pour de si petits efforts.

Je m'inquiète d'un cœur fragile.

Ton cœur tiendra, Maman. Il tiendra trop longtemps.

Tu auras beau vouloir en finir, dès ton arrivée à l'Ehpad, tu auras beau me le dire chaque jour, au téléphone, tant que tu pourras me le dire, ton cœur continuera de battre malgré tout. Vaillant petit soldat.

Mais pour l'instant tu es encore chez toi.

On te porte des repas tous les jours, tu en laisses la moitié, tu grignotes.

Tu ne t'assieds même plus.

Je plaisante : « Tu manges debout, maintenant ? Tu fais comme les chevaux ? »

Ça te fait grimacer, puis rire.

Tu n'aimes pas du tout les chevaux. Pas du tout. Tu gardes le souvenir cuisant d'une chute dans des ronces. Guérie à vie de l'équitation.

Tu délaisses la viande, le poisson, les légumes, souvent tu ne prends que les desserts. Chaque fois que je viens, je vérifie ton frigo. Je vois bien quel est ton régime.

Je sais qu'il serait inutile de te donner des conseils diététiques, de te parler raison, sagesse, de t'inciter à préserver davantage ta santé.

Tu te moques bien d'être sage.

Tu ne feras jamais l'effort d'une alimentation réfléchie, et ce n'est même pas par crainte de sacrifier le plaisir sur l'autel de la diététique : tu n'aimes pas manger, tu n'as jamais aimé cela. Tu as souvent péché par excès, jamais par gourmandise. Dommage.

Peut-on prétendre aimer la vie, quand on n'est pas capable d'apprécier un bon plat ?

Je t'appelle le jour de mes soixante ans, afin que tu puisses me souhaiter mon anniversaire. Je me suis dit que si, dans un moment de lucidité et de mémoire revenue, tu t'apercevais que tu avais raté ce jour, tu en serais mortifiée.

Peut-être aussi avais-je besoin, profondément besoin, de t'entendre me dire encore une fois « Joyeux anniversaire, ma chérie ! ».

L'infirmière, qui vient désormais tous les jours pour te faire ta toilette, est à côté de toi, justement. C'est elle qui décroche, me passe le téléphone.

Nous pouvons encore parler, toi et moi. De tout, de rien.

Parler.

Il faut se le dire, tant qu'il est l'heure : le temps des conversations ne dure pas toujours. En tout cas, pas pour tout le monde.

Pour certains, un moment viendra où le simple fait de tenir le téléphone à l'oreille sera devenu trop compliqué. Répondre, aussi. Penser.

Puis vivre.

Ce jour-là, j'ai droit à mon « Joyeux anniversaire, ma chérie ! ». Ça me soulage, me rassure. Quelques mots aux accents de la normalité, qui repoussent au loin les noires perspectives.

Ces mots, un an plus tard, tu ne seras plus en état de me les dire. Tu seras en Ehpad. Les plages de conscience se seront amenuisées.

Je t'expliquerai quand même que c'est mon anniversaire. Que je sais très bien que tu aurais voulu me le souhaiter – tu me l'as toujours souhaité, et toujours la première – et que je t'embrasse, et que je t'aime très fort.

Pour mes soixante-deux ans, ce sera encore pire.

Les mots seront partis, l'un après l'autre, dans le courant de plus en plus puissant de la démence, comme la terre d'un talus lentement éboulée. Remplacés par les cris.

Nous serons arrivées au temps des questions sans réponses, de l'attention difficile à capter, paupières lourdes, sommeil profond, regard absent.

Mais du fond de cette absence, tu seras encore présente.

Nous serons dans le « mieux que rien ».

Et puis viendra le temps du rien.

Tu es très âgée Maman, tu vas bientôt mourir.

Je n'ai pas peur de ta mort, tu ne la crains pas non plus. Tu es d'une sérénité qui me semble solide. Et la mort n'est pas triste. Elle est, et puis c'est tout.

Tout ce qui me manquera de toi me manque depuis si longtemps déjà. Ce que nous n'aurons pas vécu réellement ensemble, nos peu de moments partagés.

Si peu de temps réel, effectif, dans ma vie, pendant lequel j'aurai eu le sentiment d'avoir une mère, une vraie.

Depuis quelques mois, à me soucier de toi, je retrouve du même coup des lambeaux de mon enfance, de mon adolescence. Petits cailloux pour dessiner le chemin qui me ramènerait vers toi. Posés là, tous en droite ligne, comme le sont les balises de lumière sur les pistes d'atterrissage. Pour pouvoir arriver sans encombre au hangar.

Si nous y consacrions du temps, peut-être pourrions-nous ensemble renouer un à un les brins, poursuivre le motif resté inachevé. Ce serait une histoire simple.

Une histoire de mère et de fille qui s'aimeraient en sachant se le dire, et qui auraient profité de toutes les occasions de partages et de rires.

C'est ce que je me dis quand je suis loin de toi.

Chaque fois que je viens te voir, pour des visites embarrassées, nourries de platitudes, et qui excèdent rarement trois heures car au bout d'un moment je sens que tu fatigues – je le vois à ton regard qui s'éparpille, volette d'un point à l'autre, se heurte, je l'entends aux redites de plus en plus nombreuses –, chaque fois que je viens j'aimerais te parler de ces choses *importantes* qui ne le sont sans doute que pour moi.

Depuis plusieurs mois je pense régulièrement à t'écrire une lettre, une lettre de fille à mère, quelques mots à la fin du jour.

Une lettre à l'irremplaçable, avant le crépuscule.

Irremplaçable, tu l'es, oui. Qui peut remplacer une mère ?

Pour autant tu es une énigme que je n'aurai jamais résolue.

Aujourd'hui, tu m'as dit que ta mère avait été *le grand amour de ta vie*, et c'était touchant de l'entendre, de comprendre que tu es restée une petite fille.

J'y trouve même peut-être l'amorce d'une piste.

Peut-on être mère, vraiment, en ayant été fille à ce point-là ?

Je ne suis même pas certaine de ton amour pour moi. J'écris ces mots, je m'y arrête, je ne peux que m'y arrêter. *Je ne suis pas certaine de ton amour pour moi*.

Alors, pour peu que je veuille creuser cette phrase, y forer une galerie qui pourrait mener à de possibles veines scintillantes d'émeraudes ou de diamants, je comprends qu'à l'évidence ce dont je ne suis pas sûre, pas du tout, c'est d'être aimée de toi *comme je voudrais l'être.*

Ton amour maternel n'a pas tenu jusqu'au bout ses promesses, je me suis crue enfant choyée, et la vie a passé, elle a passé sans toi, j'ai plus de soixante ans et tout le sable est sec. J'ai beau vouloir l'assembler entre mes deux mains jointes, le ramasser encore, encore, pour en faire des tourelles des donjons des créneaux, rien ne tient, rien du tout, dans ce foutu château.

J'ai passé soixante ans et la voix que j'entends est celle d'une enfant.

Un jour j'ai dit de toi – la phrase paraissait cinglante –, j'ai dit de toi que tu étais une diva sans public. Une capricieuse, une roucoulante, une charmeuse, qui savait jouer de ses sourires. Une jolie femme (très fine, ravissante), une vraie femme-enfant, née pour être la maîtresse, l'amante, la muse capricieuse d'un poète maudit aux écrits tourmentés.

Tu étais un oiseau sur la branche, colibri voletant, rapide, immobile devant la fleur et puis subitement ailleurs.

Trait tiré vers une autre cible. Flèche vive cherchant un cœur.

Dans ***Le ciel est immense,*** j'écrivais, il y a plus de vingt ans, que *vieillir, c'était mourir à tout enchantement.* Je ne me cite pas par plaisir narcissique, mais seulement pour dire comment l'écriture tend parfois à l'auteur un miroir de sorcière. Un miroir à la fois fidèle et déformant dans lequel, aujourd'hui, je peux me retrouver, sans pour autant me reconnaître. Je ne parlais pas de moi. Je n'avais pas l'âge du rôle, j'en étais encore loin. Je ne savais rien ou presque de certaines des leçons – des interrogations – qui m'attendraient à chaque étape, le long de ce chemin partagé par tous mais, pour autant, propre à chacun. Les enfants qui grandissent, les parents qui vieillissent.

Nous-mêmes, les entre-deux, qui sommes confrontés à ce mûrissement, ce lent déclin de soleil qui se couche, jamais vraiment synchrone avec celui de l'âme – ou de l'esprit, comme on voudra. L'esprit, qui reste jeune, alerte, bien plus longtemps, et s'encombre de moins de rides.

Vieillir. Je pressentais des mystères, de lourdes afflictions.

Je pouvais bien *pressentir* autant que je voulais. Pressentir n'est pas éprouver.

En écrivant ce premier roman, j'avais sans le savoir amorcé un dialogue, quelques phrases jetées en attente d'écho, d'une possible réponse, peut-être destinées à la femme vieillissante que j'allais devenir. Cette femme qui aurait – ou pas – l'envie de me répondre. Cette femme que je suis.

Celle-là, précisément.

Toi et moi, nous nous ressemblons, physiquement.

J'ai longtemps lutté contre cette évidence, mais je dois l'admettre aujourd'hui.

Même si nos traits diffèrent – la bouche, le nez, le front, le fait que tu étais bien plus jolie que moi –, il y a de toi à moi suffisamment de similitudes pour qu'en te regardant j'aie de plus en plus cette impression terrible de me voir dans trente ans.

Je me *vois* peu à peu réduire mon périmètre, aller moins loin et moins longtemps, marcher avec une canne simple, puis une canne tripode, un déambulateur.

Me relever de mon fauteuil avec mille difficultés.

Répéter sans fin les mêmes histoires comme un vieux vinyle rayé.

J'assiste à mon délabrement, je suis le témoin de ma ruine.

Plus tard, en te veillant, je me verrai dans un lit d'hôpital, les yeux fermés à double tour, ou le regard perdu d'angoisse, la bouche ouverte sur des cris, des paroles confuses.

Ma mort, je la vivrai par anticipation.

Sur la route je suis prudente, quand je repars de mes courtes visites.

Je me méfie de moi, j'ai parfois le pied lourd, surtout lorsque je laisse libre cours à mes pensées. Moi qui suis une passagère on ne peut plus trouillarde et encline aux sursauts, aux freinages inutiles, j'ai tendance aux excès de vitesse lorsque je suis seule.

Le temps est à la pluie, et mon cœur à l'automne. Une image bien trop facile, je n'en suis pas fière, loin de là, pourtant c'est ce que j'éprouve, à cet instant précis.

Je ne sais pas l'exprimer autrement.

Je m'effeuille, je me dépouille, je deviens rameau sec, bois nu.

Je me prépare au grand froid de l'hiver, à ton départ, car il viendra.

Nous en sommes déjà aux premières gelées.

Pour l'instant, je fais le compte de tes fêlures, ce trop de poids, ce souffle court, ces oublis récurrents, ces petits pas incertains, maladroits. Je repars nouée, chaque fois.

Je retourne chez moi avec, une fois de plus, le sentiment d'avoir raté un entretien d'embauche, de ne pas t'avoir dit ce que j'aurais dû te dire, de n'avoir pas posé les questions qu'il fallait.

Je ressens l'urgence à t'aimer.

Mais plus le temps défile et plus il s'amenuise, moins je me risque à te parler.

Sans doute ce temps qui t'est donné, bien au-delà des froides statistiques, l'est-il pour nous permettre d'en faire quelque chose. Nous pourrions essayer de bâtir un tout dernier château de sable, ensemble, toi et moi. Un château fort si fort que pas une seule vague, pas une seule marée – fût-elle d'équinoxe – ne saurait l'engloutir.

C'est ce que j'essaie de faire, à ma mesure, en te faisant remonter le cours du temps, parler de tes souvenirs, réciter des poèmes. Et toi qui te perds inexorablement dans ta journée d'hier, tu me récites La Fontaine sans te tromper d'une virgule.

Tu entres à l'Ehpad en novembre 2017, debout sur tes deux pieds, après une énième chute qui t'a largement secouée, suivie de quelques jours d'hospitalisation.

De retour chez toi, tu recommençais à marcher, avec de l'aide, mais pour consolider tes pas, continuer de progresser, il t'aurait fallu des séances d'exercices quotidiens.

Rester seule n'était plus possible.

Ici, le kiné viendra te voir plus de *trois semaines* après ton arrivée à l'Ehpad.

Je l'apprendrai d'une infirmière, par hasard, au bout de plusieurs mois.

Trois semaines, quand on sait ce que le temps veut dire, à quel point il pèse lourd et fait peu de cadeaux, passé les quatre-vingt-dix ans.

Trop tard. Beaucoup trop tard.

Tu perdras en quelques jours le bénéfice de tes menus progrès, tu ne récupéreras jamais. Tu te retrouveras condamnée au fauteuil.

Lorsque tu étais accompagnée, tu allais aux toilettes, et tu demandais à y aller. Il suffisait d'une seule personne, pour te tenir le bras.

Faute de moyens et de temps, on te contraint aux couches.

L'aide-soignante te l'annonce, un jour, devant moi, dans le hall. Elle *me* le dit, plutôt, d'un ton léger, alors que tu es dans ton fauteuil, juste à côté de moi : « On n'est pas assez nombreuses, désolée. *Elle* n'a qu'à faire dans sa protection, on *la* changera tout à l'heure. »

Je lui demande – poliment – de bien vouloir te parler directement, comme à l'adulte que tu es. De s'adresser à toi, en te regardant, au lieu de m'expliquer au-dessus de ta tête, qu'*elle* n'a qu'à faire dans sa couche, que l'on appelle « protection », comme si user de jolis mots gommait l'humiliation, la mortification, l'horrible dépendance.

La honte que tu ressens, ce jour-là.

La peine que je ressens pour toi.

Être réduite à ça. Un pronom personnel qui dépersonnalise. Qui chosifie. Déshumanise.

Être obligée de faire sur soi, dans un hall encombré de monde.

Faute de moyens et de temps, on te rendra incontinente, puis grabataire, en quelques semaines seulement.

Je n'en veux pas aux gens qui travaillent ici, aucune charge personnelle. C'est tout le fonctionnement qui pèche. Comment être humain, sans humains ?

Laisser le temps à la prévenance, et la place à la dignité, cela suppose des moyens, et surtout des gens disponibles.

Le personnel est en sous-nombre, plutôt gentil, toujours pressé. Interchangeable, aussi. Souvent des visages nouveaux. Et dans les résidents, des rangs qui se clairsèment, des visages qui s'effacent, que je ne croise plus, remplacés par d'autres aussitôt.

Dans la chambre à côté de la tienne, une femme crie toutes les deux minutes, un cri très bref, puissant. D'une régularité obsédante, pénible.

Dès les premiers jours, tu me dis : « Je vais devenir folle. »

Il y a de quoi.

Quelques mois plus tard, toi aussi, tu crieras.

De longues années durant, jusqu'à ce que je sois mère, j'ai été la plus jeune.

Benjamine, petite sœur, dernier poussin de la courte couvée. Désormais nous sommes seules, toi et moi. Ton mari et ton fils, mon père et mon frère : en allés.

Toi partie, je serai la plus âgée, l'unique rescapée du foyer initial, celui dans lequel je suis née, j'ai grandi. J'ai du mal à l'imaginer.

Est-ce que, pour mes enfants et mes petits-enfants, lorsque ce temps sera venu, bientôt, je devrai m'attacher à faire œuvre de mémoire, moi qui en ai si peu, et si mal ordonnée ?

Je ne sais pas récapituler ma vie dans l'ordre, impossible, non seulement j'ai des manques terribles, mais les souvenirs qui me restent, j'ai beau les convoquer, ils n'en font qu'à leur tête, ils se présentent dans le désordre, débraillés, en pauvres bataillons. Ce n'est pas l'effet pervers du poids des ans, j'ai toujours eu cette mémoire à trous.

Pas infidèle, mais brouillonne. D'une grande inefficacité. Sans aucune chronologie. Mêlant allègrement des souvenirs anciens, un d'il y a cinq ans, un d'il y a six mois.

Et tout autour, le flou, le brouillard, le néant.

Ma mémoire me ressemble, elle porte sur ma vie un regard incertain de myope.

J'ai des visions fugitives de toi venant m'aider à ouvrir une porte dans un pâté de sable baptisé forteresse, j'avais dans les quatre ans, à peine, et nous étions à Arcachon.

Voilà pourquoi, sans doute, il y a quelques jours, je pensais à un château de sable, ce château que j'aurais aimé reconstruire avec toi.

Il y a eu ce temps protégé où j'étais une petite fille rieuse, affectueuse, je me revois escaladant les genoux de mon père, je me revois dans les bras de mon grand-père.

Toi, tu n'as jamais été une mère câline. Attentive, mais pas câline. Je n'ai presque aucun souvenir de contacts avec toi, j'ai reproduit le schéma avec mes trois enfants.

Petits, je les couvrais de bisous, de câlins, puis est venu le temps de la pudeur, je parle de la mienne. Peur de les déranger, de les embarrasser.

Parfois je les frôle d'une main timide, à peine appuyée sur l'épaule, je ne sais pas s'ils s'en aperçoivent. Je ne crois pas qu'ils s'en soucient.

Toi et moi, ce n'était même pas ça, nous nous faisions la bise pour nous dire bonjour, pour nous dire au revoir. Et le reste du temps, entre nous deux, toujours, prudentes, effarouchées, nous gardions une distance de fuite. Pas un seul geste intime, et pendant des années – presque toute une vie.

L'âge venant – le tien –, il m'est arrivé de te tendre un bras secourable, de te donner la main pour franchir une marche, et j'avais l'impression de commettre un sacrilège.

On ne touche pas aux idoles.

Tu étais une sauvageonne, secrète, discrète, réservée. Te voici brutalement confrontée à la vie en communauté, une communauté qui n'a rien en commun, si ce n'est l'heure des repas et celle des rituels de soins et de toilette.

Ce qui te dérange, ce qui t'angoisse par-dessus tout, c'est la promiscuité. Toi qui vis dans le souvenir de ta grande et vieille maison remplie de livres et d'objets, te voici cantonnée à cette chambre de clinique – dans laquelle ta commode ancienne détonne entre le lit médicalisé et les tables de chevet aux normes en vigueur.

À heures fixes, on te descend – sans que tu le veuilles – dans le grand hall sinistre et trop sonore, encombré de fauteuils roulants, de déambulateurs, de personnes âgées qui toussent, qui délirent, s'interpellent, se disputent ou se taisent. On te place, au hasard, dans tel ou tel groupe de personnes que tu ne connais pas, qui ne se connaissent pas, ne se reconnaissent plus, pour des « conversations » un peu surréalistes, entre démence et surdité.

Tu es censée participer à ces ateliers que tu détestes, où l'on te fait tricoter des choses informes et laides, mettre en couleur des photocopies mal imprimées et mal cadrées de dessins enfantins vaguement ridicules, avec des aquarelles de mauvaise qualité et des pinceaux qui se dépouillent comme de vieux plumeaux mités.

Un jour on me montre ton « travail » du trimestre, rangé dans une pochette en papier cartonné. Des peintures de maternelle. J'ai envie de pleurer.

Les infirmières me disent : « Il faut qu'elle se *socialise.* »

À quatre-vingt-treize ans.

Alors que tu te sens comme un chien au chenil, que ton cerveau s'embrume, et que tous les résidents, ici, sont frappés de troubles et handicaps divers, maladie d'Alzheimer ou autres formes de démence, sénile, vasculaire, mixte, à corps de Lewy, j'en oublie et j'en passe. Toutes ces horreurs lentes qui dament patiemment le chemin de l'entrée en Ehpad – établissement d'hébergement pour personnes âgées dépendantes.

Se socialiser ? Vaste blague.

Tu ne décides plus rien de ce qui fait ta vie.

Tu ne choisis pas les habits que tu portes. On les choisit à ta place, dans ta garde-robe habituelle. Puis, très rapidement, on me demande de les remplacer pour des raisons pratiques d'habillage.

Jusqu'à la fin de ta vie, tu seras affublée de vêtements trop amples d'au moins deux ou trois tailles, mais « faciles à enfiler ».

Mon pauvre petit clown, perdu dans ce grand cirque.

Tu ne décides pas de l'heure à laquelle on vient te chercher pour te descendre dans le hall, ou te ramener dans ta chambre.

Tu ne choisis pas non plus l'heure de ton repas, ni tes voisines de table, ni ce que tu mangeras.

Le repas du soir est à 17 h 30. À 18 h 30, te voici de retour dans ta chambre.

Toi qui aimais les soirées longues, te couchais rarement avant 23 heures, ça, tu en auras, des soirées longues, toute seule entre quatre murs, tassée dans ton fauteuil, ou couchée dans ton lit.

En peu de temps, tes mains ne t'obéissent plus. Puisqu'on fait tout pour toi, et qu'elles ne font plus rien, elles s'engourdissent, s'enraidissent et puis, enfin, se figent, inertes.

Tu ne peux plus te servir de la télécommande de ta télévision.

Soit elle reste éteinte et tu es confrontée à cette angoisse du silence que tu éprouves depuis le décès de mon père, soit la dame de service qui vient te mettre au lit l'allume gentiment avant de s'en aller, mais en réglant le son comme si tu étais sourde.

Et après son départ, tu ne sauras ni baisser le volume, ni changer de chaîne, ni éteindre.

Toi qui ne pleurais jamais (devant moi) dans ta vraie vie d'avant, tu t'épuises en chagrin et en larmes dès ton arrivée à l'Ehpad. Pendant des semaines.

Des mois.

Je m'obstine à parler de ta tristesse – non, de ton *désespoir* – à la jeune psychologue qui passe une journée toutes les deux semaines dans l'établissement, pour « suivre » les quatre-vingt-dix résidents. Ailleurs, les autres jours, elle a d'autres patients à voir. Je n'en connais pas le nombre. Quel qu'il soit, il est trop important. Beaucoup trop.

Cette psychologue, qui a dû te voir moins d'un quart d'heure, deux ou trois fois, et qui ne sait rien de toi, me débite imperturbablement son discours rassurant, bébête.

Bien rodé.

« Mais si, elle va bien. C'est normal. Il faut qu'elle *s'adapte*. Elle va s'y faire. »

Foutaises.

Comment peut-on s'adapter à cela ? Qui voudrait vivre ainsi ? Qui voudrait mourir là ?

Je dis : « Ma mère ne s'y fera jamais, je la connais.

– Mais si, voyons. »

Je dis : « Elle pleure tous les jours au téléphone.

– Elle vous fait la comédie. *Ils* sont tous comme ça. »

Et je déteste plus que tout l'infantilisation, le déni, le pluriel, l'amalgame, tous ces vieux enfermés dans le même panier, *Ils sont tous comme ça*, quand ils n'ont pour seuls points communs que leur âge et leur dépendance.

Tu ne t'es pas adaptée, tu as renoncé, c'est tout.

J'ai entendu venir les premiers cris, les litanies de mots sans suite, dits et redits sans fin jusqu'à l'épuisement, les énumérations sans but, tout ce décompte de secondes, à haute voix, dans le silence, puis les mots peu à peu remplacés par des sons. Les mots qui lentement se perdent, se mélangent, viennent moins, ne reviennent plus.

Tu as commencé à compter à voix haute dans le silence de ta chambre. Dans le couloir, en arrivant, je t'entendais déjà.

Je poussais la porte et tu étais là, enraidie sous tes couvertures, les mains serrées, le corps tétanisé, les yeux clos, ou fixant le plafond, perdue dans tes dénombrements qui n'en finissaient pas, *465, 466, 467, 468…*

Je ne sais pas ce que tu comptais. Tu ne le savais pas toi-même.

Puis les cris sont venus.

Pas de ces braillements furieux, comme ceux de certains des autres résidents, qui poussaient des hurlements de bête prise au piège, ou vociféraient des insultes.

Blasées, les aides-soignantes les sermonnaient gentiment, au passage, comme de très jeunes enfants, « Mais alors, Josiane, qu'est-ce qui vous arrive ? Qu'est-ce qu'il a, aujourd'hui, Roland, il est contrarié ? ».

Toi, tu psalmodiais, pendant des heures, *Aaah-aaah-aaah*, parfois *Aïe-aïe-aïe*.

Je te disais : « Maman, tu as mal quelque part ? »

Tu semblais étonnée de ma question.

Tu me répondais : « Non, ça va... »

Aaah-aaah-aaah...

Un jour, je t'ai demandé si tu t'entendais crier. Tu m'as répondu « Oui ».

Je t'ai demandé si tu savais pourquoi tu le faisais. « Non. »

Je t'ai demandé enfin si c'était pour meubler le silence.

Tu m'as dit : « Oui, peut-être. Peut-être que je crie pour entendre quelqu'un. »

Tu ne te montrais jamais agressive avec les autres.

On me disait : « Elle est gentille, votre maman. » Les aides-soignantes s'apitoyaient, te caressaient les cheveux, « Pauvre petite mère... ».

On me disait : « Elle n'a pas beaucoup de visites, la pauvre. » Parfois même : « Elle n'a jamais de visites. » La pauvre.

C'était une meurtrissure, ça me culpabilisait, me poussait à me justifier. Je n'en finissais pas d'expliquer, à chaque nouvelle tête (et le personnel changeait souvent) que je vivais à huit heures de route. Que je t'avais trouvé une chambre, jolie, grande, tout près de chez moi, mais qu'au dernier moment le déménagement n'avait pas pu se faire.

Alors oui, c'était vrai, tu avais peu de visites : je ne venais qu'une ou deux fois par mois, cinq jours chaque fois. Trois pour venir te voir, deux pour l'aller-retour.

Et le reste du temps, *Aïe-aïe-aïe*, *Aaah-aaah-aaah*, pauvre petite mère...

Au début, tu avais des sourires en me voyant entrer, des larmes quand je repartais.

Nous avions des conversations.

Tu étais triste et angoissée, mais nous pouvions parler de bien des choses, encore.

Les sourires sont devenus rares, mais les larmes ne coulaient plus.

Je ne m'en suis pas réjouie.

Une source qui se tarit, ce n'est pas une bonne nouvelle.

Aujourd'hui, je t'ai apporté des photos de deux de mes enfants, mon fils aîné et ma fille cadette, et de ma petite-fille, qui aura bientôt quatre ans. Je t'ai promis celles de mon second fils, je n'ai pas retrouvé le beau portrait de lui que je voulais te donner, au moment de partir. Je le chercherai pour la prochaine fois. Je te montre des photos de mes deux belles belles-filles, dont une est déjà ronde comme une pleine lune, à un mois d'accoucher de son premier garçon.

J'ai ajouté un portrait de moi, pris par une photographe.

Je ne m'aime pas en photo – aucune originalité –, mais sur celle-là, au moins, je reconnais mon sourire, et tu l'as reconnu aussi.

Ces photos, ce sont mes cadeaux de petite fille, des dessins faits rien que pour toi, agrémentés de « Manman je taime ». Des dessins de fête des Mères.

Des cadeaux, je t'en fais souvent, bijoux, fleurs, chocolats, je fais partie de ceux qui détestent arriver les mains vides.

Ça au moins, je le tiens de toi.

Te donner des photos de famille, à toi qui n'en as jamais exposé une seule à la maison, c'est une façon de te dire que nous sommes là, que nous t'aimons.

Que *je* suis là et que *je* t'aime, il faut que je m'arrête de parler pour les autres.

Que le « je » est fragile, quand il s'est dépouillé de l'armure du « nous ».

Ce jour-là, je suis avec toi, lorsqu'un pensionnaire fait soudain irruption dans ta chambre. C'est un homme grand et lourd. Il s'avance vers toi, menaçant, puis recule en me voyant. J'ai un peu de mal à le faire sortir. Il est confus, désorienté. Je ne comprends pas ce qu'il me dit. Je préviens les infirmières.

On me dit : « Hervé ? Oh, il n'est pas bien méchant ! »

On ajoute : « Votre maman crie souvent, c'est pour ça, ça l'énerve... »

Une fois revenue chez moi, je m'inquiéterai encore la semaine suivante, au téléphone, de la présence agressive de cet homme, dans ta chambre.

On me répondra qu'on lui a fait *la leçon*.

Et je me souviendrai de ce bleu sur ta tempe, de cet autre, sur ton bras, dont tu n'avais pas su m'expliquer l'origine. Je me souviendrai que tu avais dit à ma fille que ce monsieur te faisait peur. J'aurai des visions de violence.

Que se passe-t-il dans les chambres, aux heures de couloirs déserts, dans les moments de pause, lorsque le personnel soignant semble avoir disparu de l'établissement ?

Il m'est arrivé plusieurs fois d'arpenter en vain tout l'étage à la recherche de quelqu'un qui pourrait te changer, ou te remettre au lit. Je finissais invariablement par descendre au bureau des infirmières, quand le bureau d'accueil était vide. Parfois il n'y avait personne, là non plus. Ici et là, je voyais des pensionnaires avachis dans leurs fauteuils, endormis ou les yeux dans le vague, ou parqués devant la télé qu'aucun d'entre eux ne regardait. L'Ehpad, sans équipage. Navire abandonné.

Les violences, elles sont là. Je les entends, je les vois.

Il y a les insultes, les cris, les gestes de menace contre le personnel soignant, les autres pensionnaires.

Il y a Hervé, qui fait peur à ma mère, sans doute à d'autres, aussi.

Il y a la vieille dame belliqueuse, qui tire les cheveux de toutes celles et tous ceux qui passent à sa portée, quand elle est dans un mauvais jour. Et parfois, il faut deux aides-soignantes pour lui faire lâcher sa prise.

La mamie agressive hurle, et sa victime crie ou pleure.

On t'étourdit de traitements. J'ai lu ton dossier médical, au moment du transfert qui n'a pas pu se faire, dans l'établissement à côté de chez moi.

J'ai vite compris qu'on ne te traitait pas pour ton propre bien, mais pour le bien supposé des autres. On te bâillonne à coups d'anxiolytiques et d'antidépresseurs, à des doses *de cheval* – de l'aveu même du médecin. Des doses qui te font sombrer de plus en plus profond et de plus en plus vite.

Tu fais des cauchemars ? On te prescrit un médicament dont la notice spécifie qu'il en provoque, justement. Des cauchemars. Effets secondaires indésirables. Un autre peut donner des hallucinations. Un autre, induire ou aggraver une dépression. Un autre encore, des somnolences.

C'est une contention chimique.

On t'assomme littéralement, pour que tu ne cries pas, parce que ça irrite tes voisines, et les dames de service aussi, probablement.

Sans résultat.

On t'isole dans ta chambre pour les mêmes raisons. Pour ne pas déranger les autres.

On t'isole, quand tu cries de solitude, d'angoisse. D'envie de retourner chez toi.

Ils ne trouveront jamais le remède, pour ça.

Il n'y en a pas.

Pendant des années j'ai dit à qui voulait l'entendre – comme si cela pouvait intéresser quelqu'un ! – que je voulais vivre au moins cent ans.

Et, souvent, je voyais dans le regard des gens – des adolescents, surtout, lorsque j'allais les rencontrer dans les collèges et les lycées –, je voyais un étonnement, un effarement même, ou bien une incrédulité vaguement indulgente, comme si ce que je disais là était la manifestation d'une folie légère. Sans réelle gravité.

Parce qu'il faut être fou pour déclarer vouloir durer aussi longtemps.

Quelle horreur, la vieillesse.

Aujourd'hui, je n'ai plus les mêmes certitudes, après avoir entouré, de trop loin, la triste fin de vie de ma mère. Et j'ai le sentiment d'avoir perdu quelque chose.

J'éprouve la nostalgie de toutes ces années pendant lesquelles j'avançais avec cette curiosité sincère d'éprouver un jour par moi-même ce que veut dire *vivre*, quand on atteint cent ans et que l'avenir se réduit à une courte phrase, un mot, avant le point final.

Je n'ai pas peur de vieillir. Pas d'un point de vue esthétique, en tout cas. Je me contrefous de mes cheveux blancs et si je râle sur mes rides, certains matins de vieillerie, je m'y suis quand même attachée. Ce visage est le mien, il est unique au monde, il parle de mon histoire, il s'est construit, marqué, jour après jour.

Cette ride soucieuse, là, elle est venue ces derniers mois. C'est une cicatrice d'inquiétude. Un faux pli dans la soie de la sérénité.

Mais combien de rires, de sourires, pour toutes celles, nombreuses, qui plissent au coin de l'œil ?

Comment les autres me voient-ils – à supposer qu'ils me regardent ? Cela ne me touche pas beaucoup. Sauf, je l'avoue, lorsqu'il s'agit de mes enfants.

Si j'avais la maîtrise sur ce genre de choses (et je ne l'aurai pas, autant m'y préparer), je voudrais ne jamais lire dans leur regard cette compassion que j'avais malgré moi, en regardant ma mère, à la fin de sa vie.

Mais elle viendra sans doute, l'inquiétude empressée. Comme viendra pour eux ce moment où l'on se rend compte que les parents sont des êtres fragiles, si bêtement mortels. Lorsqu'on commence à déceler les premiers tassements de vertèbres, les épaules qui s'enroulent et se font plus étroites, ce quelque chose d'essoufflé même sans avoir fait d'effort, la vue qui lâche, ou l'oreille, ou la hanche, une lenteur nouvelle, ou des imprécisions de gestes ou de pensée.

Les colosses ont des pieds d'argile.
Plus près, jour après jour, de leur éboulement.

Je me souviens d'avoir vu mes parents *rétrécir*.

Me voici parvenue dans la région aride – et pourtant fréquentée – des soixante/soixante-dix ans. Bienvenue dans ce troisième âge avantageusement doté de la carte senior qui me permet d'aborder les retards et les grèves avec la belle sérénité qu'apportent au voyageur 30 % de réduction.

La soixantaine, je l'ai passée comme un cap imposé, après les grosses mers des quarantièmes rugissants, des cinquantièmes hurlants. Des contrées de vents violents qui me poussaient trop vite, me faisaient filer ma route sans rien voir du chemin, des lieux rudes et beaux qui agitaient de tempêtes mon petit verre d'eau.

Des lieux auxquels je repense parfois.

Pas si souvent, je ne suis pas nostalgique. Lorsque c'est le cas, malgré tout, lorsque je me retourne un instant sur mes pas, j'ai du mal à replacer les événements avec exactitude. Rien n'est loin, rien n'est proche.

Je ressens de plus en plus vivement cette étonnante distorsion du temps évoquée par tous ces vieux dont je dois m'habituer à faire bientôt partie. Dont je fais *déjà* partie depuis longtemps, pour ceux qui ont moins de quarante ans.

Plus le temps va, plus il va *vite*.

Les dix dernières années sont passées dans un souffle. Les dix prochaines se calculeront en secondes. Les suivantes, si je les vis, seront un battement de cils.

Je n'aurais pas parié d'arriver jusque-là. Je suis une petite cylindrée, une constitution fragile, les seuls mots *courant d'air* m'enrhument. Porcelaine facilement ébréchée, tasse dépareillée dont on ne sait où est passé le reste du service. Mais je suis là.

J'ai peut-être hérité, comme ma grand-mère Germaine, d'une mauvaise santé de fer.

Elle était née en 1897, prématurée, élevée *dans du coton* – et je crois bien que dans son cas ce n'était pas seulement une image. Lorsqu'elle avait quinze ou seize ans, ses cinq amies inséparables sont mortes de la tuberculose.

Mamie Germaine avait un souffle au cœur, elle ne digérait rien et tout « lui reprochait ».

Elle est morte à quatre-vingt-seize ans.

Depuis longtemps, j'ai trouvé le remède à l'angoisse, ce remède facile qu'est l'émerveillement. Je ne vis pas dans la béatitude, je crois être consciente du monde qui m'entoure, avec sa dureté, ses injustices, et sa folie rampante. Je ne glorifie en vain ni la terre porteuse ni notre espèce humaine, parasite, égoïste, ingénieuse. Je ne suis plus tellement naïve. Parfois la vie m'érafle, parfois elle m'égratigne, me blesse au plus profond, mais j'ai toujours la foi.

Pas la foi religieuse, non, une foi d'un autre ordre, enfantine, disposée à l'étonnement, encline à l'ébahissement.

Ma gratitude vient du spectacle qui m'entoure.

Je suis une contemplative active, une pensive pressée. Je voudrais vivre plus, plus fort et plus longtemps. Et plus le temps qui reste s'amenuise, plus j'aime la vie, vraiment. Combien de fois ceux qui me connaissent m'auront entendue m'extasier devant un paysage, un coucher de soleil, des sommets, le large, une lumière.

Ce qui me gêne le plus dans la vieillesse en germe, c'est cette trahison de mes yeux fatigués, flou, taches, larmoiements, ces nébulosités venues de la myopie, d'un nerf optique défaillant, de l'âge – eh oui – qui se manifeste un peu trop tôt, je trouve.

Ma famille se rappelle à moi, et son hérédité pénible, avec ses théories de bigleux et miros, aveugles et malvoyants.

Je voudrais retrouver mes yeux d'enfant, pas seulement pour leur innocence mais pour leur acuité limpide.

Voir plus net, plus large, plus grand.

Pendant deux ans et demi, je t'ai rendu visite à l'Ehpad.

L'Ehpad, c'est la vieillesse dans ce qu'elle a de pire.

La vieillesse au carré.

Lieu de dépôt sinistre dans lequel se mélangent, s'additionnent et se multiplient débilités et dépendances, éloignement douloureux des familles, renoncement à soi, à l'autre, et à la vie.

Les jours où je venais te voir, j'avais l'habitude de te faire prendre un de tes repas, midi, goûter, plus rarement le soir. C'était un de nos rites.

Je t'achetais des desserts à la pâtisserie, pour te changer de ceux de la cantine, compote trop sucrée, flan insipide. Je choisissais des choses appétissantes, aussi jolies à l'œil qu'elles seraient bonnes au goût. Des crèmes et des mousses, rien qu'il faille mâcher, surtout pas de morceaux, beaucoup trop dangereux pour toi, tu aurais risqué l'étouffement. À présent tu ne mangeais plus que des aliments mixés, tu buvais de l'eau gélifiée, tristement pervertie par des parfums chimiques, menthe, orange, citron.

Et je ne pouvais m'empêcher de penser que le goût de l'eau, la vraie, devait te manquer cruellement.

Je te donnais la becquée, par petites cuillers attentives, pour ne pas risquer une de ces fausses-routes qui t'étaient déjà arrivées.

Une de ces fausses-routes qui avaient tué mon père.

Je me revoyais quarante ans en arrière, et les quelques années qui avaient suivi, mêmes petites cuillerées, mêmes gestes mesurés, vigilants, en nourrissant l'un ou l'autre de mes trois enfants. Dans ce temps-là, il y avait des rires. La vie croissait de jour en jour, gagnait en vigueur et force, dans mes trois rejetons, mes toutes jeunes pousses.

Avec toi, j'assistais depuis des mois à de menus déclins qui, tous additionnés, atteignaient des sommes incalculables de pertes sans profit, et de renoncements.

Jusqu'à tes yeux clos, maintenant.

Avant-goût de la fermeture.

Il t'arrivait de plus en plus souvent de manger sans ouvrir les yeux. Je te disais « Une autre cuillerée », tu ouvrais aussitôt la bouche.

En restant près de toi pendant le déjeuner, j'ai quelquefois, ainsi, participé à ces tristes banquets de fantômes pâlis, groupés aux mêmes tables, leurs bouches grandes ouvertes, et leur mastication. Ces visages de cire, ces yeux cadenassés.

Je m'étonnais toujours de ce réflexe de survie, plus particulièrement chez toi qui avais tellement demandé à partir, à mourir, dès ton arrivée ici.

Mon entrée au mouroir, tu disais.

C'était comme si ton corps et ton esprit avaient fait sécession, l'un décidé à continuer le combat, cependant que l'autre, résigné, n'espérait que la reddition.

Très vite, tu as cessé de répondre au téléphone. Il faut dire qu'il était placé de façon si malcommode sur ta table de chevet qu'il t'était impossible de l'attraper toute seule lorsque tu étais dans ton lit. Les dames de service n'avaient pas toujours le temps de venir le décrocher pour toi. J'aurais eu des scrupules à le leur demander tous les jours.

À ma demande, une personne extérieure à l'Ehpad venait désormais trois fois par semaine, pour s'occuper de toi au moment des repas. Faute de mieux, c'était le seul moyen que j'avais trouvé de garder le lien avec toi, sur WhatsApp.

Trois fois par semaine, donc, la dame de compagnie, ou plutôt d'accompagnement, mettait un écouteur dans ton oreille droite – celle des deux qui entendait le mieux. Elle gardait l'autre dans la sienne pour vérifier la qualité du son, ou reformuler une question à ma place, si tu ne m'avais pas entendue, ou comprise. La plupart du temps, je parlais seule. Monologues superficiels, et sans la moindre intimité. Mais elle mettait à cette tâche autant de discrétion qu'il lui était possible, et je la remerciais de ce lien préservé.

Je pouvais au moins te voir, pendant que je te parlais.

Je déchiffrais de mieux en mieux la carte changeante de ton visage. Si telle ride se marquait sur ton front, c'est que tu avais mal. Maux de tête, de ventre, ou d'articulations. Je guettais cette ride, la traquais. C'était mon ennemie.

Ta pâleur racontait ton anémie profonde, la moelle osseuse qui ne travaillait plus.

J'interprétais le moindre signe, j'avançais comme un éclaireur sur les chemins de ton désastre. Très souvent tu dormais, ou bien c'était tout comme, tu gardais les yeux clos.

Quelquefois, tu étais éveillée, mais aucun son ne sortait de tes lèvres, ou bien les cris habituels. La dame me disait simplement, avec une grande gentillesse : « Aujourd'hui, ce n'est pas un bon jour. »

Ce n'est pas un *bon jour*, c'est certain, quand une mère, un père, ne peut plus dire bonjour.

Je te parlais quand même.

Je prenais le pari que les mots arriveraient jusqu'à toi, dans le brouillard épais qui te faisait graduellement disparaître.

Parfois une trouée. Une courte éclaircie. Puis plus rien.

« Elle vous écoute », disait la dame.

Tu m'écoutais, c'est vrai. Je le voyais dans la petite lumière trouble qui s'allumait parfois, de moins en moins souvent, au fond de tes yeux sombres toujours noyés de larmes qui ne coulaient jamais, des larmes immobiles.

De plus en plus souvent, lors de mes visites, je te trouvais ainsi, absente, ma toute belle au bois dormant.

Si petite dans ton lit blanc, enclose, inerte, ailleurs. Inconsciente de ma présence.

Et j'en étais frustrée, pour toi comme pour moi.

Je craignais plus que tout que tu ne te sentes abandonnée. Tu te réveillerais dans une chambre vide, après mon départ. J'étais venue te voir, tu ne le saurais pas.

Ces jours-là, je n'arrivais pas à te quitter. Je restais plus longtemps, attendant ton réveil, dans la crainte de le manquer d'une simple minute. Sans succès, quelquefois.

Je m'emplissais les yeux de toi, posée dans ton sommeil comme dans une barque.

Toi, dérivant au fil d'un courant invisible, qui t'éloignais des côtes, de la vie, et de moi.

Tu n'aurais pas aimé savoir que je te regardais dormir. Tu étais pudique, secrète.

J'avais le sentiment d'être un peu indiscrète.

Certains jours de sourcils froncés, de paupières crispées, fermées comme un refus, je soupçonnais que tu étais là quand même. Oui, juste là, entre deux eaux, proche de la surface. Ni endormie, ni éveillée.

Je te parlais. Il t'arrivait de me répondre, les yeux clos.

Quelquefois, à force de persuasion, je réussissais à te faire entrouvrir les paupières.

Je te disais : « Maman, fais un effort, allez : si tu ouvres les yeux tu me verras, je suis juste à côté de toi. »

Je te disais : « Je sais que c'est difficile, je t'en demande beaucoup, mais si tu ouvres les yeux, nous pourrons nous voir, toi et moi. »

Alors, quelquefois, oui, tu ouvrais les paupières.

Parfois même j'obtenais une ombre de sourire, deux ou trois mots venus de loin, murmurés de cette voix si hésitante et basse, qui butait sur chaque syllabe comme on bute sur un caillou.

Toi qui parlais si bien, avant, d'une langue riche, et fluide.

Il n'y avait plus que ces mots tout petits, à présent. « Oui », « Non », très courtes phrases murmurées, rares adjectifs pénibles à prononcer, de cette voix chahutée qui n'était plus la tienne. Ta voix chantante de Tonneins, aux accents du Lot-et-Garonne joliment mâtinés de toutes ces années à vivre dans le Gard. Ta voix passée, enfuie, trépassée avant toi, dans ce dépouillement, cette expropriation qu'est notre fin de vie.

Ta nouvelle, ta *dernière* voix, je l'ai entendue venir de loin, au fil des ultimes semaines. De plus en plus voilée, monocorde – ou plutôt accordée à ta peine profonde, ta tristesse incommensurable.

Ta voix, qui avait perdu toutes ses inflexions.

Ton rire aussi faisait partie des pertes, des deuils irrémédiables.

Éteint depuis longtemps.

Après ta mort, je me suis demandé depuis combien de temps je ne t'avais plus entendue rire. Rire vraiment.

Je n'ai pas su. Je ne sais plus.

Un jour vient ce moment éprouvant où l'on ne sait plus quel cadeau faire à l'autre lorsque plus rien, *plus rien*, ne peut faire plaisir.

Je l'avais vécu avec mon père, après son AVC. Je le vis avec toi.

À mon père, on offrait des cadeaux déprimants, robes de chambre et pantoufles, lui qui avait été voyageur, passionné d'histoire, lecteur.

Toi non plus, tu ne peux plus lire. Finies les piles de romans. J'ai beau t'offrir encore des hauts et des tee-shirts joyeux et colorés, je te vois presque toujours avec les mêmes vêtements. Les plus pratiques. Ceux que l'aide-soignante du matin prend sur le dessus de la pile, que je m'obstine à déranger pour que l'on t'habille autrement.

Je te fais de menus présents, de l'eau de rose ou de fleur d'oranger. Mais si je ne suis pas là pour la passer sur ton visage ou sur tes mains, qui le fera ?

L'autre jour, j'ai dû te retirer tes bagues, tu ne les supportes plus, elles te coupent la circulation et tes doigts sont gonflés d'œdème. Les bracelets te gênent. On te les enlève, par prudence, car ils s'impriment dans ta peau, puisque tes bras demeurent inertes, pesant de tout leur poids inutile.

J'ai passé ton alliance et ta bague préférée à la chaîne que tu portes encore autour du cou avec le pendentif que je t'avais offert.

Jusqu'à la fin de ta vie, je ne cesserai de regarder dans les vitrines les foulards et les bagues que j'aurais aimé pouvoir t'offrir.

Je les regarde encore aujourd'hui.

Je t'apporte une couverture douce, d'un bleu profond de nuit d'été. Je t'emmitoufle pour sortir, avec mon bonnet, mon écharpe. Nous ne sommes qu'en octobre, on te croirait parée pour une expédition polaire. Je me méfie des courants d'air, à ton âge ils sont meurtriers. Il fait très doux, mais je m'inquiète. Est-ce qu'il fait *assez* doux pour toi ?

Dans ce qui est pompeusement baptisé « le Parc », sorte de chemin cimenté encadré de courtes pelouses qui va de l'Ehpad au parking, nous organisons notre fugue. Je te mène aussi loin que je peux du bâtiment, des autres pensionnaires.

J'arpente le gazon, je cherche toutes les fleurs différentes possibles. Sur ta couverture couleur de nuit d'été, je dépose mes petites offrandes comme autant d'étoiles minuscules, blanches, rose pâle, jaune vif, mauve clair. Je cueille une branche de romarin, des aiguilles de pin, une feuille de menthe, je te les fais sentir.

Tu me fais cadeau d'un sourire.

Aujourd'hui, c'est une bonne journée.

Plus tard, tu seras sous oxygène, les sorties seront interdites.

Ultime fin des échappées.

Question d'heures ou de hasard, je rencontrais fréquemment les mêmes filles et fils, lors de mes visites. Certaines personnes âgées étaient toujours seules, quels que soient le jour et l'heure.

Tu l'étais si souvent, toi aussi.

Je me souviens d'une très vieille dame, qui était peut-être plus jeune que toi. Elle était squelettique, enroulée sur elle-même, plus tordue qu'un tronc d'olivier. Je ne l'ai jamais vue autrement que bouche ouverte, yeux clos. Elle avait un visage de cire, ne manifestait rien, ne faisait pas un bruit. Elle respirait à peine.

Sa fille venait souvent la faire déjeuner, assez souvent pour que je la reconnaisse.

La vieille dame ouvrait la bouche, fermait la bouche, mâchait doucement, bavait un peu.

Je l'avais remarquée dès le premier jour, lorsque tu avais fait ton entrée dans l'établissement.

Je l'avais vue et je m'étais dit que tu ne serais jamais comme ça.

Pas toi.

Je n'étais pas à côté de toi, le jour où tu es partie.

L'Ehpad m'a appelée à 10 heures du matin. Tu allais vraiment mal. On ne pouvait pas me dire si c'était pour demain, après-demain, mais tu allais *vraiment* mal.

Je venais de passer trois jours à tes côtés, la semaine précédente.

Des jours de lourds silences, de regards intérieurs, pensifs.

Il me fallait plus de huit heures de route pour arriver jusqu'à toi.

Tu es décédée à 16 heures.

À 10 heures, j'étais une fille inquiète, à 16 heures j'étais orpheline.

Le mot peut sembler ridicule, à mon âge. Pourtant, combien d'enfants soucieux j'aurai vus passer à l'Ehpad. Ces vieux enfants de très vieilles personnes. Ces fils et filles aux cheveux blancs, aux traits tirés. Rires de convenance et bonne humeur factice.

Lorsque nous nous croisions, chacun de nous poussant un être cher dans les larges couloirs, ou attendant sagement devant le grand ascenseur prévu pour les brancards et les chariots de soin, nous échangions des regards un peu fuyants, préoccupés, des sourires contrits. Des sourires d'enfants coupables.

Pourquoi ma mère, mon père, doit-il rester ici ?

Pourquoi est-ce que je ne peux pas – ne veux pas, ne suis pas en mesure de – m'occuper d'elle ou de lui ? Ce n'est pas une fin de vie acceptable. C'est indigne.

C'est ainsi.

Alors oui, je suis orpheline.

On ne cesse pas plus d'être enfant que l'on ne cesse d'être mère.

Le jour de ton décès, je n'ai pas pu te revoir dans ta chambre, dans ce lit qui avait été le tien, pendant plus de deux ans. Les Ehpad ne sont pas équipés de chambres froides, c'est aussi stupide et terrible que ça. *Chambre froide*, un terme de boucherie. Dès que la personne est décédée, elle est immédiatement prise en charge par les pompes funèbres.

Tu as été transférée aussitôt dans ce même funérarium qui avait vu passer mon père, mon neveu et mon frère, avant toi. J'y suis allée directement.

Il y a des chemins noirs qui semblent familiers.

Achever ainsi mon voyage m'a fait ressentir de façon plus aiguë encore que je n'avais pas été présente aux dernières heures.

Venir te voir et te voir morte.

Comme elle était touchante et comme elle était pâle, ma mère, ce soir-là, toute petite fille aux paupières fermées, absente pour toujours, ses fines lèvres closes sur tous les mots pas dits, ceux qu'elle ne disait pas, ceux qu'elle ne dirait plus. Son visage sérieux, cette infime distance qui se creusait déjà entre elle et nous. Cette infinie absence de son âme à la nôtre, que rien ne comblerait plus jamais.

Jamais plus.

Comme elle était petite et comme elle était loin, ma mère au corps de marbre, au corps déshabité, échoué sur ce lit du salon funéraire, sur la couche anonyme, dans cette même chambre où reposait mon père quelques années plus tôt, et comment voulez-vous que je n'y pense pas, que je ne mêle pas un souvenir à l'autre, derrière la même porte et sur le même lit, le corps de l'un, le corps de l'autre, tout cet arrachement terrible de la vie.

Elles vous prennent tout comme des goules tristes, des vampires à quatre murs, ces chambres du dernier sommeil où personne ne se repose, ni celui ou celle qui est là, désormais absent à lui-même, ni ceux et celles qui s'invitent, respirent à mi-voix, lui parlent un instant, se taisent, prient, ne pensent à rien peut-être, dans ces pièces glacées à la sourde pénombre, ces lieux de vérité où notre cœur se fige, et se fend, et se broie.

Comme il faut de courage pour ouvrir sans faillir la porte de ces chambres-là, et s'avancer, tellement nu, pour affronter l'irréparable, lorsque la mort est enfin là et qu'elle nous vole tout, sans bruit et sans éclat, le passé, le présent, l'amour et la colère, et les doutes, et l'espoir.

J'avais beau savoir que ce dernier jour de vie, qui n'était plus une vraie vie, tu l'avais passé dans un semi-coma, je ne pouvais m'empêcher de me dire que tu aurais peut-être entendu, ressenti ma présence. Si j'avais été là.

On m'a dit que tu étais partie dans ton sommeil. C'est ce que l'on dit à tout le monde, pour ne pas aviver la profonde blessure. N'avoir pas été là.

Même si j'avais détesté ce lieu plus que tout, il me semblait que te revoir dans ton lit, au milieu des objets que tu avais conservés de ta maison d'avant, serait moins difficile.

Je n'en sais rien, voilà. Je ne le saurai pas.

Mais j'ai le souvenir aigu de cette même chambre, le lendemain, lorsque je suis venue reprendre tes affaires afin de libérer au plus vite les lieux, pour un ou une locataire qui mourrait bientôt dans *ton* lit.

Cette chambre sans toi. Tellement banale, neutre.

Et moi, la tête vide, pliant machinalement tes effets personnels sur le lit, des vêtements que je ne garderais pas et dont l'Ehpad ne voulait pas, qui finiraient dans un bac de collecte. De grands sacs remplis de vêtements sur lesquels j'avais, il y a peu de temps, écrit ton nom en grosses lettres, sur un ruban collé au fer. Ce même genre de ruban thermique avec lequel je marquais les habits de mes enfants, lorsqu'ils étaient petits, avant les voyages scolaires.

Je me revoyais en train de repasser avec soin le col de tes tee-shirts, la ceinture de tes pantalons, chez moi, pour identifier tout ton linge.

Dans ta chambre déserte, j'ai rempli d'autres sacs de choses inutiles, des programmes de télé que tu ne pouvais plus lire, de rares courriers reçus, quelques romans que tu n'avais pas ouverts. Un crucifix qui avait appartenu à ta mère, car tu étais croyante. Les livres dont mes enfants ou moi te lisions des passages – et comme tu étais attentive, alors. Les CD de chansons anciennes, que nous écoutions lorsque plus rien, ou presque, ne nous permettait de communiquer. *L'Eau vive*, de Guy Béart, que tu me chantais souvent lorsque j'étais petite, que je t'ai chantée souvent lorsque tu allais mourir.

Ta vie réduite à rien, des photos de jeunesse, tes parents, ta fratrie, effacés, disparus, comme avait disparu ton mari, un de tes petits-fils, puis ton fils.

Comment aurais-je pu lutter contre ces morts qui t'appelaient si fort, que tu voulais rejoindre. Comment aurais-je pu lutter contre la pesanteur de ce temps inutile, qui te semblait si long. Stérile.

Je remplissais des cartons et des sacs, j'emballais de mon mieux ce grand miroir que tu avais donné mille fois à ma fille, une vieille lampe à huile, un miroir plus petit.

Je savais qu'en sortant de cet établissement pour ne jamais plus y revenir j'irais passer un moment avec toi, là-bas, blanche Ophélie sur ton lit de passage, dans cette chambre funéraire plongée dans la pénombre, fraîche comme une cave.

En repliant avec soin la couverture bleue que je t'avais offerte pour nos échappées belles, nos heures buissonnières – toi dans ton grand fauteuil, petit poussin frileux, de plus en plus menue, de moins en moins présente –, je me suis dit que tous, ou presque, nous finirons nos vies dans des lits à une personne.

Des lits étroits, pour mourir seuls.

La veille de ton décès, tu n'avais pas pu ouvrir les yeux, tu m'avais paru agitée, sur WhatsApp. Je n'ai pas su déceler la proximité de ta fin. Je n'ai pas compris que venait l'heure. Pourtant, depuis des mois, j'étais sûre que je ressentirais le moment du départ, que *quelque chose* m'avertirait.

Je m'en étais convaincue.

Je m'imaginais rêvant de toi. Tu viendrais me prévenir. Je me réveillerai aussitôt, en sursaut, sur une certitude : Voici le jour venu, il faut partir à temps.

Mais non.

Il y avait eu plusieurs alertes, depuis un an. Des fausses-routes, des pneumonies, une anémie. Plusieurs voyages en catastrophe. Le médecin de plus en plus taciturne. Les infirmières préoccupées, pas vraiment optimistes.

Chaque fois, tu avais remonté la pente. Tu ne la remontais ni très vite, ni bien haut. De moins en moins haut, pour tout dire. Mais tu étais d'une résistance incroyable.

Je m'étais habituée à ces montagnes russes, de la crainte au soulagement, de la fausse quiétude à la pire inquiétude.

Tant que tu respirais, tu étais immortelle.

N'aie pas peur

Tu t'en vas, je le sais, je le sens
Je respire avec toi même si je suis loin
N'aie pas peur, je suis en chemin
Mon bras entoure ton épaule
Et ma main prend la tienne, la réchauffe, la tient
Puisque la vie soudain intervertit les rôles
Toi, fragile
Moi, prenant soin
N'aie pas peur, je suis là
Est-ce que tu entends mon souffle au creux de ton oreille
Je te dis que je t'aime, que tu vas me manquer
Que la vie est trop courte, aussi longtemps qu'elle dure
Et qu'il ne faudrait pas avoir à se quitter
Ne t'effraie surtout pas du silence qui vient
Tu en auras fini de ces heures d'attente, à égrainer sans fin trop de minutes lentes

Ce trop de mauvais temps pour rien
N'aie pas peur, je suis là
Laisse le fil se rompre
Enfin
Ce fil ténu qui te retient

Mon père avait une grande culture historique, et l'amour des voyages, surtout s'il y avait des ruines romaines, grecques ou perses à visiter. Et par le jeu des calendriers qui nous faisaient partir en juillet ou en août, nous les visitions en été, ces ruines, toujours au pic du soleil, à midi. Lui, enthousiaste. Ma mère, moins.

Je suis allée avec eux au fin fond de la Turquie, au cap Nord, en Iran. Des dizaines de milliers de kilomètres en R16, sous un soleil de plomb ou des nuées de moustiques.

Avec mon père, *voyager* n'était pas un vain mot.

Je nous revois à Persépolis, sous une chaleur abominable. En arrivant au sommet d'une butte nous avions soudain découvert à nos pieds, au milieu des ruines admirables, des hordes de guerriers venus de la Perse antique, aux barbes et aux longs cheveux noirs et ondulés, vêtus de toges bleues, rouges ou blanches, armés de boucliers et de lances, montés sur des chevaux caparaçonnés qui tiraient des chars magnifiques, tout droit sortis des livres d'histoire, en l'honneur de mon père. C'est ce que je n'étais pas loin de penser, en tout cas, en voyant son sourire modeste et satisfait.

Par un hasard extraordinaire, nous avions visité le site de Persépolis à l'été 1971, l'année durant laquelle le shah d'Iran, Mohammad Reza Pahlavi, avait décidé de fêter d'une façon plus que fastueuse les deux mille cinq cents ans de l'Empire perse.

(J'ai réalisé bien plus tard que le hasard n'y était pas pour grand-chose, et que mon père avait programmé son coup depuis des mois, mais à quelques semaines de mes quatorze ans, j'avais été bluffée pour la vie.)

La fête princière avait eu lieu à l'automne suivant, elle avait rassemblé toutes les têtes couronnées et tous les chefs d'État, ou presque, de ce monde. Nous étions repartis depuis longtemps, mais je n'oublierai jamais les guerriers perses, et la jubilation de mon père.

Ma mère écrivait des poèmes. Elle racontait avec une faconde irrésistible des histoires de famille qui n'avaient plus grand lien avec la vérité, mais qui sonnaient joliment aux oreilles. C'était une conteuse née, issue d'une famille de Gascons volubiles.

Mon père, rationnel, soucieux de précision.

Ma mère, grande enjoliveuse.

À la maison, chaque repas était l'occasion d'un débat. Dans ma famille, nous *parlions*.

Il y avait un amour des mots. J'en ai gardé la gourmandise.

Plus tard, avec mes enfants et leur père, nous avons continué de débattre, de batailler, parfois passionnément. Je ne suis pas sûre d'avoir passé un seul repas, pendant des années, sans me lever au moins une fois pour aller consulter le dictionnaire, afin de vérifier ou d'apprendre une définition, de chercher un synonyme.

Aujourd'hui, je regarde sur Internet, avec mon téléphone.

Le réflexe est toujours le même. Je n'aime pas les questions sans réponse.

Mes parents ont perdu leurs mots.

Tous les deux, à la fin de leur vie – et pour des raisons différentes –, ils ont été privés de lecture, de parole, et se sont retrouvés condamnés au silence.

De toutes les avanies qu'ils ont eu à subir, c'était sans doute, pour eux, la pire.

Celle qui m'a le plus peinée.

J'aurais voulu pour eux que mes parents s'en aillent brusquement, d'une de ces morts imprévisibles qui arrivent en avance, comme des invités un peu indélicats dont on ne sait que faire, le repas n'est pas prêt, la table n'est pas mise.

Qu'ils partent *juste à temps*. Avant le mauvais temps.

Ils n'ont pas eu cette chance.

Mais qui peut dire à la place de l'autre – et qui peut dire pour lui-même – quel sera le moment idéal pour partir ?

Le dernier jour où j'ai vu mon père intact, il avait soixante-seize ans, et ce n'était pas un vieil homme. Nous avions parlé, lui et moi. Politique sans doute, histoire, sûrement.

Trois jours après, il était aux urgences.

La nuit de l'AVC de mon père, en roulant sous la pluie, j'ai oublié tous mes grands préceptes sur la vie qui ne vaut la peine d'être vécue que si l'on peut en jouir le plus pleinement possible. Toutes mes belles idées philosophiques sur le bien mourir, et le mourir à temps. J'ai roulé en priant je ne sais pas qui, puisque je ne suis pas croyante, pour que mon père vive encore.

Il a vécu. Et lui qui dissertait avec tant de savoir, son monde s'est trouvé réduit à presque rien, en quelques minutes seulement. Pour un petit caillot de sang.

Il a suivi, comme tant d'autres, le cortège lugubre des handicaps et des humiliations, la litanie sans fin des capitulations. Troubles de la déglutition. Hémiplégie. Troubles de la mémoire. Aphasie – perte de la parole, jamais récupérée en cinq ans de vie subsidiaire. Difficultés à communiquer avec nous, au-delà du superficiel, car l'aphasie n'empêche pas seulement de parler, je l'ai appris à ce moment-là. Elle fait perdre la maîtrise des codes de communication.

Mon père était incapable de « mimer » le geste de boire, ou de manger, par exemple. Ce langage avait disparu, lui aussi, aspiré dans le maelström. Par contre, il pouvait me montrer sur l'atlas, sans hésiter une seconde, dans quel endroit de Syrie ou d'Irak il avait trouvé tel objet, ou tel autre.

La vieillesse ne m'effraie pas. C'est la dépendance qui m'alarme.

Je l'ai côtoyée pendant près de cinq ans, auprès d'un père foudroyé comme un chêne, réduit en un instant à l'ombre de lui-même, fermé dans le mutisme et la paralysie.

Puis auprès de ma mère.

Dans ma famille, c'est la tête ou le cœur, en principe. Crise cardiaque ou AVC. Lignée de tragiques marins, de pathétiques capitaines, ce sont toujours ou presque nos vaisseaux qui nous lâchent.

Certains de mes aïeuls se sont écroulés brusquement à la fin d'un repas, frappés d'apoplexie, comme on disait alors. Mort brutale, mais belle mort.

Aujourd'hui, on sauve les gens, au lieu de les laisser partir.

Je comprends le désespoir des familles, leur angoisse – « Sauvez-le, sauvez-la, faites tout ce que vous pouvez ! » Lorsque mon père a eu cet AVC, j'ai espéré tout au long de la route qui me menait vers lui qu'il soit vivant, encore.

J'ai espéré, en plein déni, ignorant volontairement les quelques éléments qui m'avaient été donnés au téléphone sur l'importance des dégâts et le peu de chances qui restaient de retrouver mon père en vie. Quand je suis arrivée, de nuit, dans ce service des urgences, les médecins avaient « récupéré » mon père.

Ils avaient fait le job, comment leur en vouloir. Aucun médecin n'est formé pour laisser mourir son patient sans rien faire.

« Je ne provoquerai jamais la mort délibérément. » C'est ce que dit le serment d'Hippocrate.

C'est sans doute la raison pour laquelle Ehpad et hôpitaux sont remplis d'êtres aux corps souffrants, aux esprits laminés, qui ont tout perdu de la vie, sauf la vie elle-même.

Pas « sauvés », pas du tout. Prolongés, seulement.

Maintenus parmi nous, affligés malgré eux d'une existence vide, sèche comme une mue, réduite aux incapacités et à la dépendance, sans le moindre réel plaisir.

« Je ne provoquerai jamais la mort délibérément. » Et si la question n'était pas de provoquer la mort, mais bel et bien de ne pas l'empêcher, lorsque tout ce qui est à venir sera forcément pire, sans aucune lueur d'espoir ?

La vie est un bien précieux. C'est aussi un mal incurable.

Personne n'en guérit jamais.

Quel que soit son visage, la mort de ceux que nous aimons nous saisit à la gorge. Pour beaucoup d'entre nous, c'est la violence ultime.

Mais maintenir la vie sans préserver du même coup ce qui en faisait l'essence : la faculté de penser, d'agir, de se mouvoir, de s'exprimer, de jouir de petits et grands plaisirs, la liberté de faire connaître son avis, ses besoins, de refuser ou d'approuver, c'est une mort sans cesse reportée. Une indicible pénitence.

Durant les deux ans et demi pendant lesquels je suis venue voir ma mère en Ehpad, j'ai tourné et retourné dans ma tête la même question obsédante : Cette extrême vieillesse que j'avais imaginée comme un possible temps heureux – cet âge des *Trésors vivants* qui désigne, dans la culture japonaise, les personnes âgées détentrices d'un savoir ou d'un savoir-faire –, si elle n'était, en fait, qu'une voie de garage au bout d'un quai désaffecté ?

Une voie de garage encombrée, saturée, de wagons inutiles et rouillés ?

Tous ceux qui ont accompagné leurs parents dans ce chemin de croix de la démence sénile comprendront ce que je veux dire.

Ce qui m'a sauvée d'une déprime stérile, dans les moments de découragement, c'est le contre-exemple magnifique que me donnaient Pierre et Lolita, amis de jeunesse de mes parents. Quatre-vingt-quinze et quatre-vingt-seize ans, remplis d'humour, une vie sociale riche, une famille attentionnée. Un tableau apaisant, loin de la fatalité affligeante que j'avais sous les yeux.

Je me suis gavée de documentaires sur des centenaires joyeux.

Je me suis dit que c'était possible.

Si vieillir est inéluctable, vieillir mal n'est pas obligé.

Je suis encore très loin des quatre-vingt-quatorze ans de ma mère. Même en l'ayant accompagnée au long de tous ces mois, je ne sais rien ou presque du grand âge, je ne sais pas encore en quoi il nous éprouve et ce que nous éprouvons.

Quelles sensations, quels sentiments, quelles craintes ou certitudes ?

Je peux seulement arborer, comme autant de fortunes diverses, les cheveux blancs, les rides, le démodèlement insensible du corps, ici plus de rondeurs, là, moins de fermeté.

La vieillesse, la vraie, je ne la connais pas.

Pour l'instant, ce que je constate, au fil des ans, c'est que si le corps perd lentement en dynamisme, en grâce (à peine), il gagne parfois en endurance.

L'esprit ne semble pas enclin à renoncer. Mais je n'ai « que » la soixantaine, inutile de faire ma maligne. Quelle sera ma vie dans trente ans, si je dois aller jusque-là ?

Aujourd'hui, je me sens moins sage que lorsque j'avais cinquante ans, plus sereine qu'à quarante. Plus heureuse qu'à trente, à bien des points de vue.

Il me semble que chaque épreuve m'aura gratifiée d'un trophée, comme dans ces jeux en ligne où l'on gagne des trésors, parfois même des points de vie.

Des trophées qui se mesurent en patience, en amour de la vie et en curiosité.

Chaque soir ou presque, depuis des années, je compte mes bonheurs.

Je n'ai pas appris ça dans un des nombreux livres de développement personnel qui fleurissent sur les gondoles de la grande distribution. Si je devais chercher l'origine de ce rituel, je la trouverais certainement dans une période de ma vie qui était plus rêche que douce, quand *vivre* devait se justifier.

Mes « bonheurs » sont des braconnages, des babioles de machine à pince.

Hier un jeune écureuil entré dans la maison. Avant-hier, « mon » couple de hiboux, qui passait au crépuscule. La femelle lézard vert réfugiée dans la véranda. Mon petit-fils, ma petite-fille, en visioconférence, entre grimaces et rires.

D'autres bizarreries, je ne m'en cache pas : je me souhaite bonne nuit avant de m'endormir, et je me souris devant le miroir, chaque matin.

Ainsi, même si je ne devais voir ensuite que des gens revêches, ou personne (ce qui m'arrive), un sourire aurait malgré tout commencé ma journée.

En faisant cela, ce n'est pas mon reflet que j'admire, ma myopie n'est pas à ce point, je salue seulement l'être humain que mon enveloppe héberge, le félicite d'être en vie, et lui souhaite bien du bonheur.

Je n'ai pas beaucoup de mérite : même dans les périodes sombres – il y en a dans toute vie –, je n'ai jamais cessé d'être curieuse de ce qu'il adviendrait *après*. Comme si demain était garant de bonnes nouvelles à venir. J'ai des ambitions minuscules, et des désirs vite comblés. J'aime la vie, profondément. Cela m'ennuiera de la quitter.

J'aimerais mieux que ce soit par surprise.

Les derniers mois ont été abrasifs mais n'ont pas entamé ma grande foi païenne.

Je parle à mon tilleul, je félicite le jeune écureuil indiscret pour sa dextérité dans les branches du noyer, je complimente le pic épeiche, le guêpier ou la huppe pour leur somptueuse livrée, je remercie le soleil pour ses couleurs au crépuscule, le rosier pour ses jeunes pousses, le chocolat noir pour son fondant.

Tu as fêté tes quatre-vingt-quatorze ans fin décembre 2019. Fêter n'est pas le mot.

Nous étions tous venus. Ceux qui restaient.

Tu étais ailleurs, tu semblais triste.

Tu es morte le 18 février 2020, après une longue déroute.

Moins de dix jours plus tard, le coronavirus faisait sa première victime en France, un homme revenant de Chine, décédé à Paris, à l'hôpital de la Salpêtrière.

Quelques courtes semaines plus loin, nous étions *confinés*.

Ce temps douloureux, exceptionnel, qui saisissait le monde de stupeur, je l'ai vécu au calme dans ma vieille maison. Je l'ai entendu résonner au loin comme une mélodie désaccordée, remplie de plaintes et de colères, soutenue par cette basse obstinée, *ma mère est morte, elle est partie.*

Alors que nous entrions dans le confinement, sans savoir pour combien de semaines ou de mois, je me suis surprise à penser que, finalement, tu étais partie *au bon moment*.

C'était un soulagement étrange. Je me suis demandé qui, de nous deux, aurait le plus mal supporté l'éloignement contraint, le silence forcé.

La dame qui s'occupait de toi n'aurait pas pu venir, mesures de prévention obligent. Les aides-soignantes et infirmières n'auraient jamais eu le temps de la remplacer auprès de toi, pour nos courts appels sur WhatsApp. Je n'aurais pas pu venir te voir.

Dans cette crise sanitaire, j'ai éprouvé une compassion toute particulière envers ceux qui ne pourraient accompagner leurs proches dans leur ultime étape. Combien de drames humains se sont joués, se joueront dans les mois qui viennent ?

Combien d'adieux n'auront pas pu se faire, de mains ne seront pas serrées et de joues embrassées au tout dernier moment ?

Cette pandémie ne s'est pas contentée de tuer, d'isoler. Elle a placé chacun de nous devant son impuissance extrême, elle a forcé certains aux pires abandons.

Alors que je rangeais tes quelques affaires, dans ce qui était désormais ton ancienne chambre, avant d'aller te retrouver un moment au funérarium, j'ai découvert plusieurs petits papiers, dans tes tiroirs.

Des post-it, sur lesquels tu avais écrit, répété, le numéro de ta chambre, 214, 214, 214, le nom stupide du couloir, allée des Tournesols, l'heure d'un atelier.

Sur d'autres, tu avais signé, d'une signature de moins en moins ferme et lisible, de plus en plus petite, confuse, brouillonne, resserrée sur elle-même. Une écriture troublante, à l'image de toi, de ce que tu devenais, au fil des mois.

Tu avais toujours eu une écriture reconnaissable entre toutes, haute et large, penchée, caracolant fièrement le long de lignes qui montaient vers la droite. Une écriture tête baissée, qui partait à l'assaut des lignes ennemies.

Là, sous mes yeux, je voyais des pattes de mouche, des ratures, des mots tremblés, hachés menu. Ton prénom et ton nom, de plus en plus bousculés, chamboulés. J'aurais pu les classer, chronologiquement, de la maîtrise au chaos.

Ces signatures irrégulières, dispersées au hasard des feuilles volantes, me rappelaient mon adolescence, lorsque je m'essayais à signer, moi aussi, comme une adulte, avec des soulignements autoritaires, des boucles affectées, des paraphes prétentieux. Parfois même, en pleine crise romantique, je m'inventais des signatures de femme mariée, empruntant le nom de mon amoureux du moment.

Dans tes tiroirs, également, j'ai trouvé sur une page de carnet à spirale, tout effilochée d'un côté, une courte liste de noms écrite avec encore un peu de soin.

Bien rangés, les uns sous les autres.

Les prénoms de ton père, de ta mère, de tes sœurs, de ton frère, tes grands-parents, leurs dates de naissance, incomplètes. L'année, oui. Rarement le mois.

Pour tes parents, tu avais indiqué le jour. Tu t'étais trompée pour ta mère. Je le sais, elle et moi avions deux jours d'écart. Deux jours et soixante et onze ans.

Il manquait une des deux grand-mères.

Tu n'avais pas écrit les prénoms de tes enfants, ni ceux de tes petits-enfants.

C'était comme si, désormais, seul le passé avait de l'importance.

Comme s'il fallait à tout prix – alors que tu avais oublié depuis quelques mois déjà ma date de naissance et celle de mes enfants – ne pas oublier *en plus* ta propre enfance.

Comme si tu devais te raccrocher de toutes tes faibles forces à cette lointaine part de mémoire encore sûre, qui pourtant te lâchait déjà.

De moins en moins fiable.

De plus en plus friable.

Ces pense-bêtes au fond de tes tiroirs, ils m'ont percé le cœur.

Je t'ai imaginée, toute seule, dans ce *mouroir* que tu détestais tant, en train de batailler bravement jusqu'au bout, petite chèvre contre le loup, contre les lacunes, les absences, ce sentiment qui avait dû être tellement angoissant de partir en morceaux, d'oublier tout et plus encore, de perdre tout jusqu'à toi-même.

Cet effacement grandissant contre lequel tes seules armes – elles étaient bien insuffisantes – se résumaient à ces petits papiers sur lesquels tu jetais à la hâte quelques derniers repères, en prévision du grand oubli.

Chambre 214.

Allée des Tournesols.

Si j'avais trouvé ces notes lorsque tu étais encore là, non seulement physiquement, mais encore *là*, vraiment, consciente, accessible, j'en aurais peut-être parlé avec toi.

J'aurais cherché à te rassurer. C'est ce que je faisais toujours.

Je ne minimisais pas, mais je mettais des mots. Nous aurions parlé de tes peurs, et les nommer sans trop les craindre les aurait peut-être rendues plus inoffensives. Comme ces cauchemars, parfois, qui nous collent aux pieds, nous font des réveils de malaise, mais les raconter, simplement, les dégonfle comme des baudruches, les fait paraître ridicules.

Je peux réécrire l'histoire après le point final, me dire que j'aurais pu faire plus, faire mieux. En me disant cela, je serai toujours certaine de ne pas me tromper, aucun risque : on peut toujours mieux faire, quand il s'agit d'aimer.

Je me souviens de tes mains dans les miennes, tes mains paralysées par l'extrême vieillesse et par la maladie.

Tes paupières si souvent closes. Et quelquefois, soudain, ton regard qui semblait revenu de l'enfer, une ombre de sourire, à peine, pour une musique reconnue, une chanson d'avant que je t'aurais chantée, un texte lu par un de mes enfants, un des deux tout-petits qui riait sur l'écran, ou remplissait ta chambre d'une vie forte et belle.

Beaucoup de noirceur dans ces lignes, mais la lumière existe, aussi.

Une fois muselés les mots dans lesquels tu te perdais parfois, cette verve chantante que tu mettais entre les autres et toi, pour te cacher, te protéger, ce verbiage poétique qui te changeait en moulin à paroles, brassant du vent, de l'air, du rien, une fois les derniers mots partis, nous sommes restées nues.

Toi et moi.

Mère et fille.

Moi, qui osais enfin les gestes de tendresse que tu aurais détestés, avant. Car tu détestais qu'on te touche.

Toi, qui les acceptais, enfin, tout simplement.

Cette période nous était sûrement nécessaire, pendant laquelle tu m'as dit, avec le peu de phrases qui te restaient encore, que tu avais perdu du temps, que tu avais été compliquée, que tu avais de la chance de m'avoir comme fille.

Et même si je ne voyais que mes manques, mon incapacité cruelle à m'occuper de toi comme je l'aurais voulu, jusqu'au bout de ta route, j'étais touchée que tu ne voies que ta *chance* – que tu le prétendes, tout au moins.

Il y a eu des instants lumineux. Un autre lien s'est tissé entre nous.

Toi comme le Renard, enfin apprivoisée. Et moi, comme l'enfant découvrant tout ensemble ce trésor inattendu et la peur de le perdre.

Ce temps faisait écho d'une étrange façon avec les liens si singuliers noués avec mon père, après qu'il eut perdu la parole.

Cet homme pressé, distant, assez intimidant, que j'ai vu changer après son AVC, pleurer d'émotion, et rire de bon cœur, comme s'il avait fendu l'armure.

Le cœur accessible, soudain.

Peut-être fallait-il que mes parents se taisent pour que de leur silence émerge l'essentiel.

Je dis que je vais bien, *et vous pouvez me croire.*

Je dis que je vais bien mais que ma mère est morte.

Comme elle était petite et comme elle était pâle, mains sagement croisées sur sa poitrine étroite, si petite et si sage dans cette blouse à fleurs, bleu tendre et rose thé.

Ma mère enfin tranquille, enfin tranquillisée, après ces mois passés dans l'exil de sa chambre, entre cris et douleur, et désir de mourir, et peur de l'abandon.

Ma mère qui criait, seule entre quatre murs, dans son grand fauteuil gris tourné vers la fenêtre qui ne s'ouvrait sur rien qu'elle aurait pu aimer.

Loin d'elle et de nous tous, à jamais exilée.

Je dis que je vais bien, et vous devez me croire, même si elle est morte et que je tiens sa main. De si petites mains, fragiles, délicates. Des mains pour faire des bouquets, de grands bouquets de fleurs, de feuillages, de plumes. Des mains jadis parées de bagues chatoyantes, bagues de quatre sous aux pierres de couleurs.

Comme elle était petite et comme elle était pâle, comme j'aurais voulu la retenir un peu.

J'ai tenté de graver ses traits dans ma mémoire, tout ce calme soudain qui l'avait envahie après ces mois de peurs, de douleurs et de cris.

Son front calme, lissé, lavé de ses embruns, de cette angoisse immense qu'il y avait dans ses yeux dans les jours de tempête, quand toutes les jetées et toutes les murailles s'effondraient une à une sous les vagues têtues, les assauts continus, les flots de la démence. Lorsqu'elle se sentait lentement disparaître, jour après jour plus dispersée.

Tout son être volé, fracturé, dépouillé.

Je dis que je vais bien, mais j'ai perdu ma mère. Je l'ai perdue et c'est moi qui me sens égarée, et je retiens mes larmes et je vais les enfouir, les terrer dans un lieu inconnu de moi-même. Ces larmes amassées en nappes souterraines, océan de chagrins peu à peu collectés.

Ces larmes dans mes yeux que je ne versais pas pour ne pas l'affliger lorsqu'elle me disait qu'elle voulait mourir. Lorsqu'elle me disait « Je vais devenir folle ».

Quand je répondais « Non », d'une voix blanche, nouée.

Comme elle était fragile et comme elle était sage, et grave, et réfléchie, petite fille au seuil de la cour de l'école, timide, ne sachant pas ce qui va advenir, appliquée à bien faire.

Sa jolie blouse à fleurs comme un beau tablier.

Je dis que je vais bien, et vous devez me croire.

Pourtant ma mère est morte, et la vie continue.

DE LA MÊME AUTRICE

ROMANS

Le ciel est immense, Le Relié, 2001, « Pocket », 2016

Un simple viol, Grasset, 2004, « Babel », 2017

La Tête en friche (prix Inter-CE 2009 / prix CEZAM 2009 / prix des Lycéens allemands 2011), Le Rouergue, 2009, « J'ai Lu »

Vivement l'avenir (prix Marguerite-Audoux 2010 / prix des Hebdos en région 2011 / prix Handilivres 2011), Le Rouergue, 2010, « Babel », 2016

Bon rétablissement (prix des Lecteurs de L'Express), Le Rouergue, 2012, « Babel », 2015

Trente-six chandelles, Le Rouergue, 2014, « Babel », 2017

Dans les prairies étoilées, Le Rouergue, 2016, « Babel », 2019

Les Bracassées, Le Rouergue, 2018, « Babel », 2020

Et tu te soumettras à la loi de ton père, « Babel », 2019

Loin-Confins, Le Rouergue, 2020

NOUVELLES

Les Encombrants, « Babel », 2011

La Théorie du chien perché, « Babel », 2013

Il ne fait jamais noir en ville, « Babel », 2016

L'EXEMPLAIRE QUE VOUS TENEZ ENTRE LES MAINS A ÉTÉ RENDU
POSSIBLE GRÂCE AU TRAVAIL DE TOUTE UNE ÉQUIPE

ÉDITION : Sylvie Gracia
COUVERTURE ET CONCEPTION GRAPHIQUE : Quintin Leeds
RÉVISION : Nathalie Mahéo, Isabelle Paccalet et Vladimir Sichler
MISE EN PAGE : IGS-CP
PHOTOGRAVURE : Les artisans du regard
FABRICATION : Marie Baird-Smith
COMMERCIAL ET RELATIONS LIBRAIRES : Adèle Leproux
avec Marie Bréhin
PRESSE ET COMMUNICATION : Manon Kauffmann

RUE JACOB DIFFUSION : Élise Lacaze (direction),
Katia Berry (grand Sud-Est), François-Marie Bironneau (Nord et Est),
Charlotte Jeunesse (Paris et région parisienne),
Christelle Guilleminot (grand Sud-Ouest), Laure Sagot (grand Ouest),
Diane Maretheu (coordination), Charlotte Knibiehly (ventes directes)
et Camille Saunier (librairies spécialisées)

DISTRIBUTION : Interforum

DROITS FRANCE ET JURIDIQUE : Geoffroy Fauchier-Magnan
DROITS ÉTRANGERS : Sophie Langlais
ACCUEIL ET LIBRAIRIE : Laurence Zarra
ANIMATION : Sophie Quetteville
ENVOIS AUX JOURNALISTES ET LIBRAIRES : Vidal Ruiz Martinez
COMPTABILITÉ ET DROITS D'AUTEUR : Christelle Lemonnier,
Camille Breynaert et Christine Blaise
SERVICES GÉNÉRAUX : Isadora Monteiro Dos Reis

Couvertures et bandes imprimées chez Déjà Link,
à Stains (Seine-Saint-Denis).

Achevé d'imprimer par l'Imprimerie Floch (Pays de la Loire),
en novembre 2020

ISBN : 978-2-37880-172-4
N° d'impression : 97209
Dépôt légal : février 2021

Imprimé en France

En France, un livre a le même prix partout.
C'est le « prix unique du livre » instauré par la loi de 1981
pour protéger le livre et la lecture.

L'éditeur fixe librement ce prix et l'imprime sur le livre.
Tous les commerçants sont obligés de le respecter.

Que vous achetiez votre livre en librairie, dans une grande surface
ou en ligne, vous le payez donc au même prix.

Avec une carte de fidélité, vous pouvez bénéficier d'une réduction
allant jusqu'à 5 % applicable uniquement en magasin (les commandes
en ligne expédiées à domicile en sont exclues). Si vous payez moins cher,
c'est que le livre est d'occasion.